APPRENTIS LECTEURS

QUI SUIS-JE?

Barbara J. Neasi

Illustrations d'Ana Ochoa

Texte français de Dominique Chichera

Éditions
SCHOLASTIC

Pour Alexis, Dalton et Jordin,
des enfants très imaginatifs
— B.J.N.

À Santiago, Patricio et Anita
— A.O.

Catalogage avant publication de Bibliothèque
et Archives Canada

Qui suis-je? / Barbara J. Neasi;
illustrations d'Ana Ochoa;
texte français de Dominique Chichera.

(Apprentis lecteurs)
Traduction de : So Many Me's.
Niveau d'intérêt selon l'âge : Pour enfants de 3 à 6 ans.
ISBN 0-439-94194-6

I. Ochoa, Ana II. Chichera, Dominique
III. Titre. IV. Collection.

PZ23.N43Qui 2006   j813'.54   C2006-903212-2

Édition publiée par les Éditions Scholastic,
604, rue King Ouest, Toronto (Ontario) M5V 1E1.

5 4 3 2 1   Imprimé au Canada   06 07 08 09

Bonjour! C'est moi!

Attends de voir combien
de « moi » il y a.

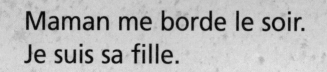

Maman me borde le soir.
Je suis sa fille.

7

Grand-papa me promène
dans la brouette.
Je suis sa petite-fille.

Je donne le biberon à bébé Marc.
Je suis sa grande sœur.

Lison me coiffe avant
d'aller à l'école.
Je suis sa petite sœur.

Emma et Éric font du camping
avec moi, l'été.
Je suis leur cousine.

Madame Roy m'apprend à lire.
Je suis son élève.

Julie habite la maison d'à côté.
Je suis sa voisine.

Justin joue dans la même
équipe de soccer que moi.
Je suis son amie.

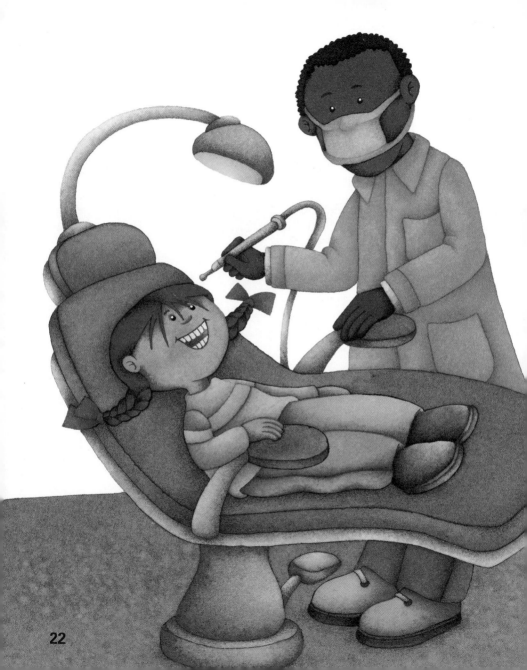

Le docteur Dubois
nettoie mes dents.
Je suis sa patiente.

Et quand je danse avec papa…

... il me dit que je suis sa princesse.

Je me demande parfois…

... comment je peux être
toutes ces personnes à la fois!

LISTE DE MOTS

a	de	habite	parfois
à	demande	il	patiente
aller	dents	je	personnes
amie	dit	joue	petite
apprend	docteur	Julie	petite-fille
attends	donne	Justin	peux
avant	du	la	princesse
avec	Dubois	le	promène
bébé	école	leur	quand
biberon	élève	lire	que
bonjour	Emma	Lison	Roy
borde	équipe	madame	sa
brouette	Éric	maison	soccer
camping	est	maman	sœur
ces	et	Marc	soir
coiffe	été	me	son
combien	être	même	suis
comment	fille	mes	toutes
côté	fois	moi	voir
cousine	font	nettoie	voisine
dans	grande	papa	y
danse	grand-papa